DE LA

POÉSIE DANS LE DROIT

(3)

CONFÉRENCE PAILLET

DISCOURS

PRONONCÉ

A LA SÉANCE D'OUVERTURE

LE 8 DÉCEMBRE 1859

PAR

MM. D'HERBELOT, Président, & ÉLIE DE BEAUMONT

PARIS

IMPRIMERIE RENOU ET MAULDE

RUE DE RIVOLI, 144.

1859

CONFÉRENCE PAILLET.

EXTRAIT DU PROCÈS-VERBAL

DE LA

SÉANCE DU 8 DÉCEMBRE 1859

Présidence de M. D'HERBELOT,

DOCTEUR EN DROIT.

La séance est ouverte à huit heures.

M. le Président prononce l'allocution suivante :

Messieurs et chers Confrères,

C'est une tradition parmi ceux de nos confrères que vous appelez à l'honneur de présider notre conférence, de vous remercier de cette faveur le jour de leur entrée en fonctions, et aussi de se faire votre interprète en assurant le bureau qui se trouve remplacé, des regrets et des sympathies de tous. Je n'aurai garde de manquer à ce devoir, et, au nom de mes collègues, comme au mien, je viens vous remercier, et vous dire que, dans l'accomplissement de la mission qui nous est confiée, nous n'oublierons pas les leçons et les modèles tracés par les membres du bureau auquel nous succédons.

Ce n'est pas d'ailleurs sans tristesse, Messieurs, que je m'asseois à cette place occupée, il y a huit jours, par un de nos confrères, qui, non-seulement ne l'occupera plus, mais encore n'assistera plus à nos travaux. Nous perdons M. D'ALVERNY, président du bureau sortant, appelé par décret de ce matin à remplir les fonctions de substitut près le tribunal de première instance de Nantua. Tous nos confrères s'associeront aux regrets profonds et aux félicitations que nous lui adressons. Son talent de discussion, sa science solide, qui lui assurent une position brillante dans la magistrature du parquet, laisseront certaine- ment un bien grand vide au sein de la conférence, qui appréciait en outre son caractère élevé et ses sentiments de bonne confraternité pour chacun de nous

M. SAUVÉ, trésorier de la conférence pendant toute l'année dernière, nous quitte également pour exercer la profession d'avocat à la Cour de Poitiers. Sa perte ne peut que nous être infiniment sensible à tous égards, et, comme M. d'Alverny, il doit avoir tout spécialement sa part dans les regrets que nous adres- sions tout à l'heure au bureau que nous remplaçons. M. Sauvé avait une immense qualité que je veux louer entre toutes. Il écoutait religieusement, et il me semble que son regard, invariablement fixé sur l'orateur, le soutenait, l'encourageait, et, faut-il le dire. le dédommageait quelquefois de la distraction de quelques-uns qui ne voulaient pas se laisser intéresser.

En dehors de son dernier bureau, la conférence perd encore quelques-uns de ses membres, auxquels je ne veux pas manquer de donner un souvenir. M. Louis Royer, que la maladie avait éloigné de nous une partie de l'année dernière, quitte définitivement Paris. Il est nommé substitut du procureur Impérial près le siége de Dôle. Cet honneur parfaitement justifié doit tout à la fois nous attrister, nous qui perdons un excellent confrère, et nous enorgueillir, nous qui avons eu, pour ainsi dire. les prémices de son talent. Nous espérons que les bonnes et trop courtes relations que nous avons eues avec M. Royer ne sont pas interrompues d'une façon complète. Entre lui et nous, il subsiste un lien, en la personne de son frère, M. Casimir Royer, qui nous reste.

M. Delacourtie nous abandonne également pour entrer dans une conférence présidée par un des anciens de notre ordre. Il marquait sa place parmi nous par sa parole facile et la discussion approfondie qu'il faisait de toutes les questions qu'il traitait. C'est une désertion regrettable pour nous !

Messieurs Rossignol et Lacoudrais ont envoyé leur démission à Monsieur le Secrétaire. Je regrette que leur court passage parmi nous ne me permette pas de vous en parler autrement qu'en vous rappelant leurs noms; je regrette surtout qu'ils n'aient pas pu éprouver que le but que nous poursuivons dans ces réunions n'est pas seulement la science du droit ou l'habitude de la plaidoirie, mais aussi la formation d'une amitié durable, d'une confraternité réelle.

C'est au nom de cette amitié et de cette confraternité que je voulais dire adieu à ceux de nos confrères qui s'éloignent.

M. le Président donne ensuite la parole à M. Elie de Beaumont, pour la lecture du Discours de rentrée, sur le sujet suivant :

DE LA POÉSIE DANS LE DROIT.

M. Elie de Beaumont s'exprime en ces termes :

Messieurs et chers confrères,

Je veux tout d'abord répondre à un reproche qui pourrait m'être adressé, et que justifierait, je l'avoue, l'intitulé de ce travail. *La Poésie dans le droit!* me dira-t-on, encore un paradoxe! A nous qui avons pâli sur des livres poudreux, la plupart écrits dans une langue aride, souvent barbare; qui avons ouvert nos oreilles à un enseignement savant, profond, élevé, mais où l'imagination n'avait rien à faire; à nous enfin qui, pendant cinq années passées sur les bancs de l'école, avons salué quatre ou cinq méta-

phores, toujours les mêmes, apparaissant de temps
à autre et renaissant perpétuellement de leurs cen-
dres, — on vient nous prouver que dans le droit est
la poésie; que poëtes sont les professeurs; poëtes les
gens de loi; que Justinien a été l'Homère de la jurisprudence; que le Digeste est un poëme épique, et
que Cujas se lit comme un roman.

Telle n'est pas ma pensée, Messieurs, et, rassurez-
vous, je sais que le droit est avant tout une science
exacte par excellence. C'est là sa nature, son essence,
et il doit en être ainsi. Rendre à chacun ce qui lui
est dû : *Jus suum cuique tribuere, neminem lædere, ho-
neste vivere* (1), selon la belle et philosophique défi-
nition des Institutes : voilà sa devise, voilà sa mission. C'est la science du logicien et du philosophe;
c'est la science du raisonnement, précis, concluant.
Au jurisconsulte ne suffisent pas les brillants à peu
près dont se contente l'imagination du poëte : il lui faut
la déduction sévère, la conclusion rigoureuse, la vé-
rité absolue.

Aussi, Messieurs, n'est-ce pas dans nos lois ac-
tuelles, dans nos institutions juridiques, dans notre
procédure, que je prétends trouver la démonstra-
tion de ma thèse, c'est dans l'histoire, c'est en
remontant le cours des âges, c'est en interrogeant les
monuments des vieilles législations, c'est en étudiant
l'enfance de la nôtre, qui, selon l'expression de Vico,
fut toute poétique, comme le droit romain dans son
premier âge avait été un poëme sérieux.

(1) Inst., de just. et jure, § 3.

C'est la poésie qui a préludé dans le monde au développement de la civilisation ; c'est elle qui a ouvert l'intelligence de l'homme et qui l'a amené à comprendre la grandeur de ses destinées, à connaître les forces de son intelligence, à deviner les ressources de son génie. L'enfance des nations est toute poétique ; les actes les plus ordinaires, les plus journaliers y sont empreints de poésie. Avant d'arriver à la raison, il fallait frapper les sens, éveiller l'imagination.

Tel a été le rôle de la poésie dans les premiers âges de l'existence des peuples, et les poëtes ont été les premiers instituteurs de l'humanité. Lôrsque les hommes cherchèrent à se rapprocher et à s'unir, lorsque des relations s'établirent entre les individus et entre les nations, lorsque la vie sociale commença dans le monde, de nouveaux besoins se firent sentir. L'homme ne vit plus désormais pour lui seul ; il entre en communication avec ses semblables. Peu à peu la notion du droit pénètre dans son intelligence et dans sa conscience. Il comprend qu'il lui faut respecter la terre et la cabane de son voisin, mais il sait aussi que son voisin doit respecter la sienne ; il sait qu'à la femme qu'il a choisie pour sa compagne, qu'aux enfants dont il est le père, il doit secours et protection ; mais, qu'en retour, il a droit d'en exiger l'obéissance et le respect.

Ces notions premières, gravées dans la conscience de l'homme, devaient être réglementées par des lois positives. L'homme avait le sentiment de la famille ; mais comment et à quelles conditions existerait la famille ? Il avait la notion de la propriété ; mais comment et à quelles conditions s'acquerrait, se transmettrait, se perdrait le patrimoine ? Voilà ce qu'il fallait lui faire comprendre en s'adressant, non pas à sa raison par des arguments, mais à son imagination par des symboles.

L'imagination des premiers hommes fut d'autant plus féconde en symboles poétiques, qu'ils étaient plus jeunes, plus grossiers, plus incapables d'abstraire. Puissants dans leur ignorance, ils étaient créateurs, Poëtes ; prodigieuse poésie, qui, par la vigueur des images, surpassait d'avance toute poésie humaine ! Puis, à mesure que l'idée de droit se dégage de l'idée d'existence et cesse d'être naturelle et fatale, alors la poésie juridique tend à secouer le joug des images et des figures, à s'affranchir du symbolisme ; la notion du droit tend à s'immatérialiser ; mais cette transformation ne s'opérera que bien lentement. Il faudra, pour sa perfection, que les hommes soient parvenus au plus haut degré de la civilisation.

Primitivement, le poëte, le prêtre et le jurisconsulte étaient le même homme : tout se confondait dans le sein de la religion ; et, bien des siècles après cette séparation, au moyen âge, les jurisconsultes portaient chez certaines nations le nom de poëtes *trouvères*, *finders*. Ils trouvaient la formule juridique, qui, le plus souvent, tombait de leur bouche sous la forme d'un rhythme harmonieux.

La poésie juridique a revêtu des formes aussi variées que les différents peuples où elle s'est développée. Chaque nation envisage avec une prédilection particulière telle ou telle face du droit; celle-ci la famille, celle-là la propriété, telle autre la procédure. C'est ainsi que le droit, exclusivement politique en Grèce, participe en Italie de la stabilité du sol. Dans les forêts de la Germanie, au contraire, le droit personnel se développe; l'idée de fraternité prédomine. Pour s'unir d'une éternelle et indissoluble amitié, les guerriers buvaient le sang l'un de l'autre. Chez les peuples germaniques, la terre appartient à tous; le juge, c'est tout le monde; l'accusé se juge lui-même, et, s'il affirme son innocence, il peut s'en aller en paix. Cette foi dans la simple parole d'un homme ne se rencontre que chez les peuples héroïques; à leurs yeux, le guerrier ne peut mentir, parce que le mensonge est une faiblesse et une lâcheté. Plus tard, chez les Germains, on ne se contentera plus même du serment de l'accusé; il faudra celui de ses parents et de ses amis; on lui demandera des *conjuratores*.

De toutes les jurisprudences, la plus féconde en symboles poétiques est sans contredit celle de l'Allemagne. Les formules y sont variées à l'infini, tantôt sombres et solennelles, tantôt ironiques, tantôt naïves, quelquefois terribles. « Le droit y est telle- « ment ensorcelé, encharmé, dit M. Michelet (1), « que ce n'est plus du droit; on croit être dans le « royaume des songes. »

Notre droit français a-t-il eu, lui aussi, son âge

(1) Origines du Droit français.

poétique? Nos lois barbares présentent un certain nombre de formules, mais dont la plupart sont empruntées aux lois germaniques. Les capitulaires ne sont rien moins que symboliques, et, dans les livres de droit écrits en France, on sent partout, sous l'apparente naïveté du langage, la logique et l'esprit d'abstraction des docteurs en droit de l'époque.

La France, différente de tous les peuples, offrirait-elle donc l'unique exemple d'une nation mûre dès son berceau, raisonneuse et logicienne à sa naissance? ou bien tout ce qu'elle eut de symboles juridiques ou de poétiques formules est-il à jamais perdu ?

Il n'en est rien, Dieu merci; et si l'on ne trouve pour ainsi dire aucune trace de symbolisme juridique dans nos lois féodales et dans le texte de nos coutumes, c'est qu'elles n'ont été rédigées que tard dans une forme plus moderne, alors que le système qu'elles représentaient était affaibli et prosaïsé, si je puis m'exprimer ainsi; mais nous rencontrons çà et là le symbolisme juridique dans les vieux auteurs qui rappellent par occasion les formes primitives du droit, et fournissent à son histoire les plus utiles et les plus précieux documents.

Ce sont, Messieurs et chers confrères, quelques-uns de ces documents que je vous demande la permission de faire passer sous vos yeux. Le naïf et pittoresque langage des chroniqueurs et des jurisconsultes d'autrefois nous reposera du style aride et concis de nos commentateurs d'aujourd'hui, et peut-être sera-t-il curieux de comparer notre droit actuel si simple, si dépouillé des formes extérieures, avec les institutions juridiques qui existaient en France, il y a deux siècles et plus !

Nous nous attacherons à deux points seulement : le mariage et la propriété.

Le mariage aujourd'hui est un contrat qui se forme comme tous les autres par le consentement des parties. Une seule parole est prononcée, et deux êtres sont unis pour toujours ; l'effet du droit est produit. Aucune formule symbolique n'est prononcée, aucun acte matériel n'est accompli ; l'Eglise seule semble avoir conservé quelques traces des antiques coutumes. Ainsi la *coemptio* romaine se retrouve dans la pièce de mariage. Mais, à Rome, la célébration de mariage ne pouvait avoir lieu qu'à certains jours ; les auspices étaient consultés, on invoquait les dieux de la famille qui devenaient ceux de la nouvelle épouse (*nuptiæ... divini juris communicatio*). A ces solennités pieuses se joignait un cérémonial allégorique où se complaisait l'imagination de ce peuple dont le droit est tout symbole et fiction. La fiancée, vêtue d'une tunique longue que retenait une ceinture de laine, la tête couverte d'un voile, signe de pudeur, et surmontée d'un dard, emblème de soumission, tenant à la main une quenouille garnie qui exprimait son rôle dans le ménage, s'avançait vers la maison de son fiancé. Des jeunes gens l'accompagnaient portant les uns des flambeaux et des fleurs, d'autres les objets qui devaient servir à la nouvelle mariée. Arrivée à la porte de sa demeure, que l'on

avait ornée de feuillages et de tentures, et frottée
d'huile et de graisse pour écarter toute maligne influence, elle en recevait les clefs et touchait, en même
temps que son époux, l'eau et le feu représentant toutes
les choses dont la vie commune allait entraîner le
partage entre eux. Des paroles prononcées dans le
même sens complétaient cette solennité. Mais, au fond
de tout cela, il n'y avait en définitive que la conduite
de la femme à la maison de son mari : c'est ce fait
dont une pompe pleine de poésie dissimulait le
rigoureux caractère. Il apparaissait, du reste, dans
toute son âpreté, quand la femme, mettant le pied sur
le seuil, était enlevée et emportée dans l'appartement
du mari, souvenir peu adouci du rapt des vierges
sabines (1).

Au moyen âge, les symboles étaient multipliés au-
tour de l'acte solennel de la célébration du mariage :
ainsi la remise de l'anneau, signe de l'union indissoluble des époux ; les clefs et le fuseau, emblèmes de
l'autorité de la femme dans la république du foyer ;
le don du matin, ou *morgengabe* chez les Germains,
osclum chez les Francs.

Nous trouvons dans un vieux rituel du diocèse de
Reims (2) le cérémonial suivant : le prêtre qui doit
bénir l'anneau demande treize deniers qu'il reçoit du
consentement mutuel des fiancés; le fiancé prend ensuite l'anneau et trois deniers, et, par la main du

(1) Ces détails intéressants ont été puisés dans la Thèse pour le Doctorat de notre confrère M. Amédée Madelin, p. 6 et 7 (1859).
(2) 1585.

prêtre, il place cet anneau au quatrième doigt de la
main de la fiancée en disant après le célébrant :

> « Par cet anel, l'Eglise enjoint
> « Que nos deux cœurs en ung soient joints
> « Par vray amour et loyale foy.
> « Pour tant, je te mets en ce doy. »

L'anneau se plaçait alors comme aujourd'hui au
quatrième doigt ; on croyait qu'une veine de ce doigt
communiquait avec le cœur.

Un autre symbole employé fréquemment comme
représentant l'autorité de la femme dans la maison,
c'est la clef. A Rome, comme nous venons de le dire,
on présentait une clef à la nouvelle épouse, et lorsqu'elle divorçait, elle remettait les clefs dont elle
pouvait être dépositaire. « En France, lorsqu'on ostait
« les clefs à la femme, dit un vieil auteur (1), c'était
« un signe de divorce, et c'est une coutume que les
« veuves déposent leurs clefs et leur ceinture sur le
« corps mort de leur époux, en signe qu'elles renoncent
« à la communauté de biens (2). » Et nous lisons à ce
sujet dans un chroniqueur du moyen âge le passage
suivant :

« Et là (à Arras), la duchesse Marguerite, sa femme
« (femme de Philippe le Bon), renonça à ses biens,
« meubles, par le doute qu'elle ne trouvât trop grandes
« dettes, en mettant sur la représentation sa ceinture

---

(1) Godet, Notes à la Coutume de Châlons.
(2) Coutumes de Meaux, Lorraine, Melun, Châlons, Bourgogne, Namur.
Grand Coutumier, liv. 2, ch. 41.

« avec sa bourse et ses clefs, comme il est de cou-
« tume ; et de ce demanda instrument à un notaire
« public qui était présent (1404). »

Le mariage est la source de la famille. Chez les
peuples barbares, le nouveau-né était jeté nu aux
pieds du père comme le matelot est jeté à la côte par
les flots en couroux, dit un grand poëte romain (1). Il
n'avait pas droit à la vie tant que le père ne l'avait
pas élevé dans ses bras, tant qu'il n'avait pas goûté
aux éléments sous la forme du lait et du miel. A
Sparte, les enfants débiles ou difformes, incapables
de servir la république, étaient détruits par l'ordre
du magistrat. Rarement les parents se décidaient à
donner eux-mêmes la mort à leur enfant. Ils pré-
féraient l'exposer, espérant que le Ciel viendrait à
son secours. C'était comme un jugement de Dieu
sur les destinées de l'innocente créature. Et souvent
la nature semblait s'émouvoir et remplacer la mère,
l'onde refusait d'engloutir l'enfant, et les bêtes fauves
venaient l'allaiter.

Cette coutume barbare de l'exposition et de l'aban-
don des enfants survécut bien longtemps aux progrès
de la civilisation ; elle résista même à l'influence di-
vine du christianisme. A Rome même, et sous Justinien, le père peut encore vendre ou abandonner son

(1)   Tùm porrò puer, ut sævis projectus ab undis
       Navita, nudus humi jacet infans, indigus omni
       Vitæ auxilio, cùm primùm in luminis oras
       Nixibus ex alvo matris natura profudit,
       Vagituque locum lugubri complet, ut æquum est,
       Cui tantùm in vità restet transire malorum.
                          (LUCRÈCE, De naturâ rerum.)

enfant au sortir du sein de la mère (*sanguinolentem*), pourvu qu'il y soit réduit par une extrême pauvreté *propter nimiam paupertatem egestatemque victus* (1).

Mais l'enfant était toujours exposé à la porte des églises ; là, au moins, il pouvait attendrir la charité par ses vagissements. « Les exposants, dit un histo- « rien du xvᵉ siècle, misdrent l'enfant sur un estal au « devant de la maison Dieu d'Amiens, et assez près « dudit enfant, misdrent du sel, en signe de ce qu'il « n'était pas baptisé (2). »

L'enfant était réputé viable, au moyen âge, lors- qu'il a pu ouvrir les yeux, voir les quatre murailles et pousser un cri qu'on pût entendre au delà de quatre maisons, si c'est un garçon, ou à travers une planche de chêne, si c'est une fille (3).

Au signe de la viabilité, il faut rattacher celui qui déterminait l'âge du discernement. Selon une tra- dition populaire qui subsiste encore dans quelques- unes de nos provinces, on éprouvait les enfants au- dessous de sept ans de la manière suivante : On place devant eux une pomme et une pièce d'argent : prennent-ils la pomme, ils seront réputés irrespon- sables de leurs actions : choisissent-ils la pièce d'ar- gent, ils seront réputés savoir discerner le bien et le mal.

Si la fécondité n'a pas accompagné le mariage, de tout temps la loi a permis aux époux de se créer une

(1) C. iv, 43, 1 et 2.
(2) Ducange, document de 1408.
(3) Gentishom tient de sa vie tout ce que l'on li donne à porte de mous- tier en mariage après la mort, sa feme, tout n'ait il hoir, pour qu'il en ait hoir. Qui ait crié et brest, se ainsi est que sa feme li ait esté donnée pucelle. *(Établissements de Saint-Louis*, liv. 1, ch. 2).

famille fictive qui perpétuât leur nom et fût dépositaire de leur patrimoine.

A Rome, l'adoption comme la manumission et le
testament était avant tout une institution politique :
c'était le peuple réuni en curies qui devait la pro-
noncer ; la cité seule pouvait consentir à ce qu'un de
ses membres sortît de sa famille naturelle pour être
absorbé dans une autre famille, dont les sacrifices,
les dieux lares et les droits d'agnation lui devenaient
communs. Plus tard l'adoption revêtit des formes
moins solennelles. Un rescrit du prince, l'autorité du
magistrat, le testament lui donnaient naissance.

Chez les nations germaniques, l'adoption simulait
dans sa formation la paternité naturelle ; la femme
qui voulait adopter prenait l'enfant contre son sein
et le laissait glisser jusqu'à terre.

Dans les vieilles coutumes scandinaves et anglo-
normandes, nous voyons que l'adoption se faisait
sous le manteau ; l'adoptant enveloppait l'adopté des
plis de sa robe flottante, *per stolæ fluentis sinus.* Il en
était de même pour la légitimation, et les chroniqueurs appellent les enfants légitimés : enfants mis
sous le drap.

« Se il avait plusieurs enfants, dit Beaumanoir, nez
« avant que il l'épousât, et la mère et li enfans à
« l'épouser estaient mis *dessous le Paile*, en sainte
« Eglise, si devenraient ils loyaux hoirs (1). »

(1) Coutume de Beauvoisis, ch. 18, p. 98. — *Item.*, Philippe Mouskes,
poëte flamand du xiiie siècle :
    « Par dessus le mantiel la mère,
    « Furént fa'ts loyal cil trois frères. »

Aujourd'hui, l'adoption se fait par le seul consentement de l'adoptant et de l'adopté, ratifié et homologué par les tribunaux; le seul fait du mariage, joint à la reconnaissance du père et de la mère, légitime les enfants naturels nés avant sa célébration ; et, de tous ces symboles, de toutes ces formules d'autrefois, il ne reste plus le moindre vestige.

J'ai hâte, Messieurs, d'arriver à la propriété; c'est peut-être dans tout ce qui touche à sa transmission, à son acquisition, que les signes matériels se sont le plus longtemps conservés, que le progrès a été le plus lent à s'opérer.

Aujourd'hui, au dix-neuvième siècle, le simple consentement, manifesté par une parole, par un écrit dépouillé de toute forme solennelle, suffit pour transférer la propriété avec toutes ses charges, toutes ses modifications. Le Code Napoléon a donné à la volonté humaine toute la puissance qu'elle doit avoir dans la législation d'un peuple civilisé.

Mais il n'en a pas toujours été ainsi, et cette révolution, commencée il y a bien des siècles, accomplie depuis soixante années à peine, permettez-moi, Messieurs, de vous esquisser rapidement son histoire.

La propriété a eu son origine dans l'occupation. Jeté au milieu de l'univers avec l'espace devant lui, où l'homme va t-il se fixer? de quel côté tournera-t-il ses pas? Il s'en remettra d'abord aux dieux; il soufflera une plume au vent, et là où elle volera, il s'arrêtera; ou bien il se laissera conduire par une bête sauvage, il abandonnera la raison à l'instinct; ainsi un bœuf, un loup et un pivert, ont guidé jadis les vieilles colonies italiques. Ainsi, Énée fonda la ville d'Albe au lieu où, conformément à la prédiction, il avait trouvé une laie blanche entourée de ses trente petits :

« Triginta capitum fœtus enixa jacebit
« Alba, solo recubans, albi circum ubera nati. »

L'espace que l'homme peut couvrir de son corps, voilà la véritable mesure de la propriété primitive; il s'approprie cet étroit espace en le touchant de sa main; puis son désir s'accroît, son ambition grandit; il étend le bras, il fixe son regard sur l'horizon, il lance sa flèche, et aussi loin elle vole, autant il se croit acquérir; il enfonce sa lance dans la terre, et là où il l'a plantée, il dit : « Ceci est à moi, je suis « maître et roi. »

« Dextrâ mihi Deus, et telum quod missile libro,
« Nunc adsint... »

Et ainsi peu à peu l'homme aurait étendu ses envahissements, s'il n'avait rencontré son semblable, dévoré de la même ambition. Alors, il fallut limiter la terre et spécialiser, pour ainsi dire, la propriété. « Au principe de liberté et d'indépendance absolue, « a dû succéder un système de restrictions fondées sur « le respect dû aux droits et à la libre possession de « chacun (1). »
Nous lisons dans le *Deuteronome* (2) le passage suivant : « Abraham dit à Loth : Qu'il n'y ait point,

(1) Alb. d'Herbelot. Thèse de doctorat, introd., p. 3. (1859.)
(2) Deuteronome, XIX. 24.

« je vous prie, de contestations entre vous et moi,
« ni entre vos pasteurs et les miens, parce que nous
« sommes frères. Retirez-vous, je vous prie, d'auprès
« de moi. Si vous allez à la gauche, je prendrai la
« droite, et si vous choisissez la droite, j'irai à la
« gauche. »

A partir de ce jour exista la délimitation des propriétés. La limite la plus inviolable est un tombeau. Les
Romains choisissaient pour bornes, tantôt un rocher,

« Saxum antiquum, ingens, campo quod fortè jacebat,
« Limes agro positus... (1) »

tantôt des arbres, *arbores finales*. En un mot, comme
on l'a remarqué ingénieusement (2), ils avaient
fait de la limitation des propriétés une sorte de religion dont Terme était le dieu, vouant aux dieux
infernaux quiconque effleurerait du soc de sa charrue
les bornes de leurs champs :

« *Qui terminum exarassit, ipse et boves ejus sacri*
« *sunto* (3) ».

Mais il ne suffisait pas de fixer les limites de la propriété, de les faire respecter; la législation positive
dut en régler la transmission.

Chez les nations orientales, où une inflexible unité
enchaînait le libre mouvement de la personnalité
humaine, où la famille était absorbée dans l'État, et
l'État dans le prince, il n'y avait qu'un propriétaire,
parce qu'il n'y avait qu'un être libre, le souverain,

(1) Énéide, 12.
(2) d'Herbelot, loc. cit.
(3) Denys d'Haliearnasse, liv. 4, ch. 2.

maître absolu des biens et de la vie de ses sujets ;
ceux-ci n'étaient que de simples concessionnaires,
dépouillés du droit de disposer, et cultivant la terre
moyennant une redevance.

Chez les Hébreux, par exemple, la terre était in-
aliénable à perpétuité. Ainsi Dieu l'avait déclaré par
la voix de Moïse :

« *Terra non vendetur in perpetuum, quia mea est et*
« *vos advenæ et coloni mei estis* (1). »

Si l'homme ne pouvait se dessaisir entre vifs, à plus
forte raison le droit de tester, triomphe de la liberté
privée dans le droit civil, prérogative suprême du
père de famille et du propriétaire, qui dicte ses lois
à ceux qu'il doit précéder dans la tombe, et qui règle-
mente le sort futur de son patrimoine ; ce droit de tester
ne pouvait exister chez des nations au sein desquelles
le principe théocratique et le pouvoir absolu absor-
baient tous les droits et étouffaient toutes les libertés.

On respire plus à l'aise, si l'on met le pied sur le
sol de la Grèce : là commence la liberté de l'indi-
vidu au sein de la cité; et cependant la disposition
testamentaire ne se montre pas encore; la fortune du
citoyen est regardée comme un dépôt appartenant à
la famille. Ce n'est qu'à partir de Solon qu'il fut permis de tester de son patrimoine, et cela encore avec
certaines restrictions : « Ains, nous dit Amyot (2), fût-
« il estimé pour l'ordonnance qu'il fit touchant les
« testaments, car paravant il n'était loisible d'insti-

(1) Lévitique, xxv, 23.
(2) Plutarque, Solon, § 40.

« tuer héritier à sa place, et fallait-il que les biens
« demourassent en la race du défunt, et fît que chacun
« fût seigneur et maître absolument de ses biens. »

Entrons en Italie. — L'Italien cultive le sol de ses
mains libres ; il rend des honneurs presque divins
à cette terre consacrée par les dieux, arrosée de son
sang et fécondée par ses sueurs. « *Alma terra, ma-*
« *gna parens.* »

> « Faune precor miserere, tu que optima ferrum,
> « Terra tene, colui vestros si semper honores. » (1)

Là, tout enveloppé qu'il est de l'élément religieux
et politique, le droit du propriétaire se dégage et se
manifeste absolu, illimité comme celui de la famille
dont il est l'égal. Et, comme le testament est, par
excellence, l'expression du droit individuel de l'homme
sur la chose, nous le rencontrons en Italie contempo-
rain des âges les plus reculés.

Quelle était la forme du testament?

Ici nous retrouvons les symboles et les formules,
dans le testament *per aes et libram,* qui repose sur
l'idée d'une mancipation par laquelle le testateur,
avec la solennité de la balance et de la pièce de mon-
naie, transmet son patrimoine à celui qu'il veut
instituer héritier, et qui en est considéré comme
l'acheteur (*familiae emptor*), en présence de cinq
témoins qui représentaient les cinq classes du peuple
romain.

Comment s'acquérait, à Rome, et se transmettait
entre vifs, le patrimoine? Nous rencontrons d'abord

(1) Énéide, xii, v. 778 et ss.

parmi les modes d'acquérir l'occupation, qui servait de type à tous les autres; la lance était, à Rome, le premier moyen d'acquérir et l'emblème légal du domaine quiritaire.

Puis la *cessio in jure*, procès fictif sur la propriété d'une chose, dans lequel le préteur déclarait l'objet litigieux appartenir à celle des parties qui le revendiquait.

Les choses *mancipi* ne s'aliénaient que par la mancipation, en présence du *libripens* et de cinq témoins. La présence de ces témoins n'était pas exigée au point de vue du crédit et dans le but de servir de fondement à la confiance des tiers : « Il fallait surtout, dit « M. Troplong (1), frapper les esprits et les enchaîner « dans les entraves d'un formalisme saisissant. » C'est à ce même ordre d'idées que l'on doit rattacher l'établissement de la tradition, tantôt feinte, tantôt réelle, indispensable pour dessaisir l'ancien propriétaire et investir le nouveau. Le consentement n'avait atteint son but qu'autant qu'il avait reçu la confirmation qui résulte de l'exécution d'un fait. Il fallait que l'acquéreur eût touché la chose et se la fût pour ainsi dire incorporée.

Les vieux modes du droit civil disparurent peu à peu; il ne resta plus de traces de ces *actus legitimi* déjà surannés au temps de Cicéron, et dont Justinien se félicite d'avoir aboli les derniers vestiges : *Antiqui juris fabulas;* mais la tradition, l'élément matériel dans la translation de la propriété, survécut, et nous

(1) Int. au Traité des Donatiens.

la retrouvons dans les lois barbares et au moyen âge. Ainsi, en Flandre, le maître d'un bien donné ou vendu y coupait une motte de terre de forme circulaire et large de quatre doigts; il y plantait un brin d'herbe, s'il s'agissait d'un pré, et, s'il s'agissait d'un bois, une petite branche, de manière à représenter le fonds cédé, et il mettait le tout dans les mains du nouveau possesseur. Ces signes pouvaient être produits en justice, et on les conservait avec soin dans les églises.

Une autre vieille coutume nous représente les particuliers contractant entre eux de la manière suivante : Les assistants étendaient le manteau de l'acheteur, et le vendeur y jetait un peu de terre en prononçant la formule solennelle de l'aliénation.

Enfin, d'après la loi salique, c'est au tribunal que devait se faire la translation de la propriété. Voici ce que nous y lisons : « Il convient d'observer ceci : Le « dixenier et le centenier indiquent l'assemblée. En-« suite ils requièrent dans l'assemblée même l'homme « à qui le bien n'appartient pas encore, et il jettera « un fétu de paille dans le sein du vendeur en disant « quel prix il veut donner. Puis, en présence de trois « témoins et du prince, celui qui aura reçu le fétu « de paille remettra le bien à l'acquéreur. »

Une poignée de main donnée par une des parties à l'autre servait aussi de symbole à la tradition et consacrait la translation du droit de propriété ou la création d'une obligation. Dans l'ancien droit du Nord, une convention n'était valable que lorsque les contrac-

tants l'avaient confirmée en frappant dans la main l'un
de l'autre.

Aussi nous le voyons : dans le droit germanique, le
même esprit de formalisme se rencontre que dans le
droit romain. « Il faut, dit Ducange, des formes extérieu-
« res et solennelles qui frappent les sens, s'emparent
« de l'esprit, et suppléent par une impression physique
« aux faibles perceptions de la conscience et de la
« bonne foi. — On ne peut encore concevoir que le
« consentement ait assez de puissance pour transfé-
« rer la propriété ; il faut qu'il se révèle par de poé-
« tiques procédures où la chose est représentée sous
« une forme matérielle et tangible, où les parties
« viennent, comme sur un théâtre, remplir un rôle,
« jouer une pantomime, réciter des formules ! »

Le régime féodal vient donner à ces idées une force
plus grande et une organisation plus complète. La
souveraineté se confond avec le fief ; le seigneur dépositaire de la justice, représentant de la puissance
publique, remplace les anciens pouvoirs judiciaires.
C'est devant lui que les formalités de la tradition s'ac-
compliront désormais ; c'est lui qui présidera au
mouvement de la propriété.

Le système de la propriété féodale est celui-ci : les
seigneurs sont propriétaires originaires de toutes les
terres situées dans leur souveraineté ; les vassaux ne
les tiennent d'eux que par concession : *nulle terre sans
seigneur*. De là, il advint que le fief ne pouvait être
aliéné que du consentement et par l'autorité du seigneur suzerain de qui il émanait, et l'acquéreur

était tenu d'obtenir de lui une investiture nouvelle.

L'investiture, c'est la tradition féodale. La plus grande partie des formes et des symboles de la tradition ordinaire, le morceau de terre, le fétu de paille, le bâton, l'épée, se retrouvent dans l'investiture, avec cette différence, toutefois, que l'investiture n'est pas seulement la tradition d'une propriété, mais celle d'une juridiction, quelquefois d'une souveraineté. Le marteau, la vieille arme du Nord, était, comme l'épée, un signe d'investiture militaire. Le couteau, les ciseaux et l'anneau étaient des signes de l'investiture ecclésiastique, et l'on a gardé longtemps, paraît-il, dans le trésor de Notre-Dame, un couteau sur le manche duquel était gravé l'acte qui avait investi le chapitre, « de par un certain sire Guy, de la propriété « d'une grande pièce de terre, proche Paris. »

Enfin, le beffroi et la corde du beffroi jouaient un grand rôle dans les investitures féodales.

« Item, nous avons donné et accordé échevinage, « ban, clocque grande et petite, » dit une charte de 1376, accordée à la commune de Saint-Valery.

En 1322, une ordonnance de Charles le Bel prive les bourgeois de Laon, pour un sacrilége commis dans cette ville, du droit de commune, échevinage, mairie, collége, sceau, cloche et beffroi : « Et ledict serment « faict, le comte tira la cloche deux ou trois fois en « prenant par ce possession. »

Ce n'était pas seulement dans le cercle de la propriété féodale privilégiée que cette investiture avait lieu ; la propriété roturière était aussi soumise à ces rites formalistes. Il fallait que le seigneur, dont tout était censé émané originairement, approuvât le nouvel acquéreur, le vêtît de la possession, ou, en d'autres termes, lui donnât le *vest*.

L'ancien coutumier de l'Artois nous donne une description intéressante de ces formalités ; il nous représente le juge ayant dans une main un bâton dont l'acheteur, à genoux devant lui, tient l'autre bout, tandis que quatre témoins se tiennent derrière l'acheteur, et en face du juge.

Bientôt, Messieurs, une révolution nouvelle s'accomplit : la propriété s'efforça de briser les liens qui l'entravaient, et certaines coutumes proclamèrent à l'envi ce principe : « Nul ne prend saisine qui ne veut. (1). » L'ensaisinement tomba alors en désuétude dans plusieurs provinces ; ce fut une grande conquête sur le matérialisme du droit féodal.

Dans les pays appelés pays de nantissement, le vieux formalisme se conserva plus longtemps.

Le vest et le dévest étaient des éléments essentiels du contrat d'aliénation, et la mutation de propriété n'était parfaite, même à l'égard des parties, qu'autant que l'autorité compétente avait prononcé ces paroles solennelles : *« Je vous saisis et mets en saisine de tel « héritage, sauf mon droit et l'autrui en toutes cho- « ses. (2) »*

« Au vendeur, dit un auteur coutumier, demoure « toujours la vraye saisine et possession, jusques à tant

(1) Loisel, Inst. cout., liv. 5, tom. 4, règ. 5.
(2) Coquille, Inst. au Droit français.

« qu'il soit dessaisi, en la main du seigneur foncier,
« et ne peut s'en dire l'acheteur saisi, jusqu'à ce qu'il
« en soit saisi de fait par le seigneur foncier (1). »

Jusqu'à l'ensaisinement, l'acheteur n'avait qu'une
action personnelle pour obtenir par voie de justice cette
tradition solennelle, si le vendeur ne l'effectuait pas :
« Celuy, dit Bouteiller (2), qui vend sa tenure; mais
« il en retient encore la saisine par devers luy, ne
« n'en fait vest à l'acheteur, sçachez qu'il est encore
« sire de la chose, mais toutefois il peut être contraint
« à faire le *werp* et adhéritement de la chose. »

Ces derniers vestiges du système féodal s'affaiblis-
sent et s'effacent peu à peu. Un pas est fait encore, et il
vient un moment où les jurisconsultes décident qu'une
tradition feinte, une clause de dessaisine saisine peut
suppléer la tradition réelle et matérielle (3), et l'une
des règles de Loisel disait : « Dessaisine et saisine
« faite en présence de notaires et de témoins, vaut
« et équipolle à tradition et délivrance de posses-
« sion (4). »

Sous l'influence des Domat et des Pothier, on avait
compris que le toucher n'est pas la seule manière dont
l'homme puisse se saisir de la matière : on concevait
que, pour posséder une chose, il suffit de la dominer

(1) Jean Desmares, Coutumes notoires, 124.
(2) Somme rurale, liv. ɪ, ch. 67, p. 397.
(3) Pothier, Vente, 322.
(4) L. 5, tom. 4, règ. 7, Cout. d'Orléans, art. 278.

par la volonté, de pouvoir étendre jusqu'à elle la puissance morale de disposer.

Enfin, le Code Napoléon est promulgué ; désormais la mutation de propriété sera le résultat direct de la volonté des parties. L'acheteur, en même temps que le créancier, devient propriétaire de la chose vendue. L'obligation de livrer est parfaite (1), c'est-à-dire exécutée par le seul consentement. La tradition feinte qui, dans le dernier état du droit, résultait de la volonté expresse des contractants, le Code la suppose dans tous les cas. « Il s'opère par le seul effet du contrat, » dit M. Portalis, parlant encore sous l'influence des vieilles idées, « une sorte de tradition civile qui con- « somme le transport de la propriété. » — Disons mieux : la volonté de l'homme est désormais toute-puissante ; elle consomme l'aliénation à elle seule, comme elle suffit à former tous les contrats, comme elle suffit dans les actes les plus solennels de la vie juridique, tels que le mariage et l'adoption, à engager pour jamais les parties contractantes

Cette révolution, qui s'est opérée avec le développement de la civilisation et de la raison humaine, cette victoire de l'abstraction sur le matérialisme, de l'idée sur la forme, j'aurais voulu, Messieurs, vous en tracer l'histoire en ce qui concerne la procédure. Il eût été curieux d'étudier sur ce terrain le progrès accompli. Nous eussions vu à Rome le matérialisme triompher avec le système des actions de la loi ; nous eussions vu dans l'action *sacramenti*, par exemple, les plai-

(1) Art. 1138.

deurs se disputer, la lance au poing, la propriété d'un objet litigieux ; au moyen âge, nous eussions assisté à ces dramatiques épreuves de l'eau et du feu. Nous eussions montré les auteurs d'un délit, quels qu'ils fussent, hommes, arbres, animaux, comparaissant en justice, comme accusés. Nous eussions passé en revue les pénalités symboliques édictées par notre ancienne législation, pénalités quelquefois barbares, quelquefois grotesques, quelquefois sublimes dans leur naïveté. Cette étude nous aurait entraîné trop loin ; il est temps de s'arrêter et de conclure.

On a dit, avec raison, qu'il y avait trois âges dans l'histoire des peuples : l'âge divin, l'âge héroïque et l'âge humain.

Au premier, le droit apparaît sous la forme d'un symbole ; au second, il se manifeste sous la forme d'un acte matériel et sensible ; au troisième, il ne se matérialise plus, et demeure une notion abstraite. Nous vivons, Messieurs, dans la troisième de ces époques ; désormais, la raison souveraine s'est dégagée de toutes les entraves ; elle est assez puissante pour saisir la notion du droit ; il n'est plus nécessaire d'éveiller l'imagination et de frapper les sens pour arriver jusqu'à elle.

Devons-nous regretter la riche poésie des législations primitives et de notre ancienne jurisprudence ? Non, Messieurs, nulle idée plus que celle du droit ne mérite d'être affranchie. Le droit n'est pas fait pour être asservi au symbole, pour rester toujours une simple cérémonie, ou bien une chose matérielle qu'on serre et qu'on met sous clef; et nous ne nous imaginons plus, comme on le croyait au temps de saint Louis, qu'une obligation contractée est anéantie, parce que le sceau des actes qui la constataient a été brisé, ou parce que le parchemin dépositaire de notre engagement a été brûlé. Cette transformation devait s'accomplir en France par la force même des choses, et la tendance de l'esprit français. A la poésie, aux images, aux figures, devaient succéder chez nous, en droit comme en littérature, le raisonnement, l'idée, l'abstraction. Notre droit est donc un droit abstrait, austère, et celui qui en a été nourri ne peut, ce semble, que sourire de pitié en feuilletant nos vieilles coutumes; il méprisera les formes poétiques de la jurisprudence d'autrefois.

Soyons hommes, Messieurs, ne regrettons rien; ne nous retournons pas en arrière pour regarder ces fleurs que nous ne pouvons plus cueillir; mais anssi soyons justes et reconnaissons, en terminant, que le symbolisme dans le droit a eu de précieux avantages. Il a uni la loi morale à la loi physique; la gravité de la formule et la muette terreur du symbole imprimaient la loi dans la mémoire et dans le cœur de l'homme, et c'était vraiment un beau spectacle que de voir avec quel scrupule religieux Rome a gardé les vieilles traditions; comment ce grand peuple, digne par son génie, d'imposer au monde, et sa langue, et son droit, a su préparer l'avenir en respectant le passé; comment le préteur, enchaîné dans la lettre rigoureuse de la loi écrite, tourmente la langue, ruse avec le, texte pour arracher à l'impitoyable airain des jugements équitables qui jamais n'y furent gravés ; comment, enfin, il ment à la loi promulguée par l'homme, pour ne pas mentir au droit éternel, à Dieu !

La fixité du signe, la solennité et la majesté de la forme étaient un contrepoids à la mobilité et à la faiblesse de l'esprit ; avec elle le progrès s'est accompli avec mesure, avec gravité ; et rien, en définitive, n'a péri que ce qui avait mérité de périr !

MESSIEURS ET CHERS CONFRÈRES,

Je m'arrête ; je ne veux pas retarder les sérieux et utiles travaux auxquels nous allons nous livrer désormais, la plupart d'entre nous sans soucis et sans préoccupations étrangères. Cette conférence en est à sa cinquième année ; malgré la désertion involontaire de quelques-uns, l'indifférence apparente et momentanée de quelques autres, elle a toujours survécu. Aujourd'hui, elle entre dans une période nouvelle ; à nous, Messieurs, de la faire prospérer, de la rendre digne du grand nom qu'elle porte et de l'illustre patronage sur lequel elle est placée. Que les deux heures consacrées chaque semaine à nos réunions soient remplies par la discussion des questions intéressantes et toujours nouvelles, dont le droit et la jurisprudence nous offrent une mine inépuisable. Exerçons-nous à l'art de la plaidoirie ; appelés tous, les uns et les autres, à jouer un rôle dans les contestations qui divisent nos semblables, apprenons à chercher le vrai, à trouver le vrai, à démontrer le vrai; rappelons-nous que, « convaincre et persuader les hommes par la parole, « c'est le plus noble emploi des plus nobles facultés « de l'esprit (1). » N'oublions pas surtout que jamais le travail n'est plus facile et plus fécond que lorsqu'il marche de pair avec l'amitié.

Pour extrait :

Le Secrétaire :

Paul BERNARD,

AVOCAT.

(1) Discours de M. Plocque, bâtonnier, prononcé à la séance de rentrée des Conférences, le 20 novembre 1858.

Imprimerie et Lithographie Renou et Maulde, rue de Rivoli, 144.   6686